Contraste insuffisant
NF Z 43-120-14

CONTRASTE IRREGULIER

COUVERTURE SUPERIEURE

"Patrie"

MAXIME VUILLAUME

20c.

Le récit complet
illustré

PARIS MENACÉ

PARIS SAUVÉ

OUF Éditeur, 148, rue de Vaugirard, P.

LA COLLECTION "PATRIE"

20ᶜ L'OUVRAGE COMPLET ILLUSTRÉ **20ᶜ**

OUVRAGES PARUS :

20ᶜ le récit complet illustré
Il paraît un nouvel ouvrage tous les Vendredis **20ᶜ**

En préparation : L'Usine de feu. — Les Victoires du Grand et du Petit Morin.

F. ROUFF, Éditeur, 148, rue de Vaugirard, PARIS-15ᵉ

PARIS MENACÉ PARIS SAUVÉ

I

A bas les traîtres!

JE vous dis que nous sommes entourés d'espions... C'est comme en 70... Vous connaissez tous le marchand de chaussures du coin de l'avenue, ce grand roux à barbe épaisse et aux yeux bleus... Eh bien! n'a-t-il pas eu le toupet, avant de filer, de revêtir un beau matin son costume de uhlan... On l'a vu, bien vu... Et on l'a laissé partir sans lui casser la tête...

— Et moi, je vais vous raconter autre chose. Ce matin, chez l'épicier, on disait que Pabli, le fameux Pabli, avait décampé en emportant vingt millions en or — notre or à nous. Il a sûrement passé la frontière avec cette somme énorme, qu'il va, cela va de soi, verser au trésor de guerre allemand...

On discutait ferme, dans la matinée du 3 août 1914, dans le petit logement qu'occupait rue d'Alésia, à Montrouge, la famille Biron, de braves gens qui, de père en fils, depuis plus de cinquante ans, habitaient le quartier.

Le père Biron, assis dans un coin de la modeste salle à manger, avait fait la campagne de l'autre guerre. Rentré à Paris avec le corps d'armée de Vinoy, dans les premiers jours de septembre, il s'était battu à Champigny et à Buzenval. Sa boutonnière était ornée de l'insigne noir et vert de la médaille de 70. Il avait assisté, impuissant, à l'entrée des Allemands dans Paris.

Près de lui, occupée à un travail de raccommodage, la mère Biron, sa femme, sommeillait à demi.

Elle aussi, avait vu les jours sombres de 70. Elle avait fait de longues haltes sous les obus, les pieds dans la neige, pour toucher, à la boulangerie ou à la boucherie, la maigre ration de pain et de viande de cheval, suprême ressource de Paris assiégé et affamé.

Devant la table familiale, deux jeunes hommes, les deux fils, Jean, l'aîné, et Antoine.

— Eh bien! mes enfants, vous ne dites rien... Ni toi non plus, Aline?

Aline, la fiancée d'Antoine, une ravissante brunette, semblait enfoncée dans ses réflexions. Elle pensait au départ de celui qu'elle aimait. Et ce départ était proche. Antoine avait déjà reçu sa feuille de route. Son régiment devait quitter Paris dans deux ou trois jours. Reviendrait-il, le cher fiancé?...

— Allons! allons! reprit le père Biron, trêve aux pensées tristes... J'en suis bien revenu, moi, et je vous jure que j'en ai entendu siffler à mes oreilles...

Le père Biron n'avait pas achevé sa phrase qu'un brouhaha s'éleva dans la rue.

— A mort! Enfoncez la boutique!

Toute la famille courut aux fenêtres.

Une foule emplissait la chaussée.

Des poings se levaient. Des visages menaçants se crispaient. Des cris et des malédictions éclataient.

— Enfoncez les volets! A bas les espions! A mort les traîtres!

Deux hommes s'étaient élancés. En un clin d'œil, le rideau de fer de la boutique — une boutique du « Bon Lait Pahli » — était arraché. Les vitres volèrent bientôt en éclats. Le mobilier ne fut pas long à être jeté à la rue. Tables, chaises, registres, ustensiles de toutes sortes, furent projetés l'un après l'autre... Il ne resta bientôt plus, dans le local effondré, qu'un gros bouquet posé sur une console rivée au mur. L'un de ceux qui avaient envahi la boutique le prit, et, cérémonieusement, le présenta à une grosse dame qui stationnait sur la chaussée.

Mais la brave dame repoussa, avec un geste d'horreur, le bouquet.

— Ah bien! non, vous ne voudriez pas... Ça été payé avec l'argent allemand.

L'homme s'arrêta, considéra un instant les fleurs maudites. Puis il lança le bouquet, qui s'en alla rejoindre dans la rue le mobilier dispersé et boiteux.

— Bravo! Bravo! cria de la fenêtre le père Biron en battant des mains. A mort les espions!

La famille ayant quitté la fenêtre, le père Biron raconta des histoires du temps jadis, c'est-à-dire du siège de Paris en 1870, sur lequel il n'était jamais à court d'anecdotes.

Un jour qu'il montait la garde, il aperçut à une fenêtre d'un étage supérieur une lumière rougeâtre, qui paraissait et disparaissait suivant un certain rythme. Sa garde finie, il grimpa, avec deux camarades, jusqu'au logement. Il frappa. Un homme vint ouvrir. Sur la table un livre, éclairé par une lampe à abat-jour rouge.

— Vous faites des signaux? cria Biron à la face de l'homme.

« — Moi? Je lis tranquillement les *Mystères de Paris*.

« Je n'ai rien pu dire, ajoutait Biron. C'était vrai... Ça ne fait rien, on ne m'ôtera pas de l'idée que j'aurais bien fait de mettre la main au collet de l'homme. C'était sûrement un espion. Ah! ce qu'il faut se méfier des lumières au moment où nous sommes.

Biron s'accouda de nouveau à la fenêtre. La foule s'était écoulée.

La devanture arrachée de la boutique laissait voir, à l'intérieur, les pots brisés, les papiers déchirés, tout le désordre d'une scène de dévastation.

Biron n'avait pas eu le temps de se rasseoir qu'une voisine entra en coup de vent :

— Vous savez, le magasin de chaussures du uhlan — le uhlan de tout à l'heure — il est dans un joli état! Fallait voir voler en l'air les bottines et les pantoufles! Il n'y a plus une vitre intacte... Nettoyé, le uhlan!... Et mon mari, qui revient des boulevards, m'a raconté que les brasseries allemandes ont toutes été saccagées... Tant mieux!

Le père Biron ne se sentait pas de joie.

— Ça marche, ça marche, disait-il dans sa moustache grise... A bas les espions et les traîtres!

Il resta un instant silencieux. Puis, s'adressant à son fils Antoine :

— Et quand pars-tu, fils?

— C'est pour après-demain, à la caserne de Reuilly.

— Parfait. Nous irons voir ça.

Aline releva la tête. Des larmes coulaient, silencieuses, sur ses joues roses.

II

Et maintenant, au Rhin!

Biron, pendant les deux jours qui suivirent, ne tarit pas d'enthousiasme.

Le matin, de bonne heure, il quittait son logement de la rue d'Alésia et s'en allait, flânant dans les rues, humant l'atmosphère de patriotisme qui emplissait la ville.

Un jour, il poussa jusqu'à la gare de l'Est. Quand il revint, le soir, le soleil déjà couché, il raconta ses pérégrinations.

— C'est superbe, disait-il. Jamais je n'aurais cru ça... Tous ces gaillards-là sont autant de héros. Ce qu'ils vont bousculer les Allemands!... C'est à peine s'ils versent un pleur quand ils s'arrachent aux embrassements de leur femme ou de leur mère... Je vous le dis, ce sont de vrais héros. Ce qu'ils vont taper dur...

Enfin, le grand jour arriva.

Antoine, le fils, devait être rendu à dix heures à la caserne de Reuilly, où il avait été équipé la veille.

Toute la famille l'accompagna.

Par les rues, c'était la même foule que Biron avait admirée dans ses promenades des deux derniers jours.

Bras dessus, bras dessous, les mobilisés chantaient la *Marseillaise* et le *Chant du Départ*.

Des balcons tombaient des bouquets.

— Vive la France!

On arriva à la caserne. La porte était grande ouverte.

Dans la vaste cour, on voyait, avant de franchir le seuil, des soldats en groupes, causant, gesticulant.

Biron exultait.

— Antoine, mon fils, tu feras ton devoir, jusqu'à la mort s'il le faut. Vois-tu, ça, c'est le dernier coup. Il faut, comme on dit, vaincre ou mourir...

— Allons, père, calme-toi. Nous tâcherons de vaincre et nous comptons bien revenir avec nos quatre membres... N'est-ce pas, Aline?

La jeune fille eut un sourire.

L'heure du rassemblement était proche.

— Allons, les gars —cria un sergent debout près de la porte — il est temps de rejoindre. Le colonel est déjà là.

Biron, de la porte où il avait dû faire halte, voyait tout ce qui se passait dans la cour.

Un roulement de tambour lui fit dresser l'oreille.

Et, tout de suite, les soldats s'alignèrent.

Les compagnies prirent leur place, le capitaine en tête, les officiers et sous-officiers en serre-file.

Il s'était fait, sans qu'aucun ordre eût été donné, un grand silence.

Tous les regards s'étaient portés vers l'angle sud de la cour, où un officier à cheval était arrêté.

Les cinq galons d'or de son képi indiquaient le grade de l'officier, qui était le colonel commandant le régiment.

Le colonel, immobile comme une statue d'or et de pourpre, le pantalon rouge se découpant sur la robe blanche de sa monture, les galons d'or de ses manches et de sa coiffure scintillant au soleil, avait fait un geste. Les officiers mirent sabre au clair.

Le colonel vint prendre la tête du régiment. L'épée haute, il fit un nouveau signe.

— Jeunes gens, cria-t-il d'une voix claire et forte, officiers, sous-officiers et soldats, nous partons à la frontière, où nous avons à combattre l'ennemi et à défendre l'honneur du drapeau de la France...

Biron sentait les larmes lui monter aux yeux.

— Nous marcherons tous, continuait le colonel, d'un même cœur et d'un même courage, certains d'avance de vaincre puisque nous le voulons...

Deux femmes en toilette claire, souriantes, s'étaient approchées du colonel. Elles portaient l'une et l'autre un énorme bouquet qu'elles attachèrent à la selle de l'officier.

— Soldats, mes amis, vous voyez ici ma femme et ma fille qui viennent m'embrasser avant le départ. Regardez-les, elles ne pleurent pas. Elles savent que je vais là où le devoir m'appelle, un devoir impérieux, celui de combattre pour notre pays à tous, de combattre pour que la France soit victorieuse...

Le colonel s'était penché sur le col de sa monture.

Il baisa à deux reprises les bouquets apportés par celles qui lui étaient chères et qu'il quittait sans laisser paraître la moindre émotion...

Une figure plus haute se dressait devant lui : l'image de la Patrie, à laquelle, désormais, il vouait sa vie.

Le colonel, s'étant redressé, leva de nouveau son épée.

— Et maintenant, mes amis, en marche! En marche vers le Rhin!

De nouveau, les tambours résonnèrent. La musique attaqua la *Marseillaise*.

Le régiment défila, passa la grille.

Au dehors, la foule, massée sur l'avenue, acclamait de ses vivats enthousiastes les soldats.

Biron, tout en sueur, la face illuminée, marquait le pas, tout près d'Antoine.

La mère Biron, fatiguée, s'était dirigée avec Aline vers la rue d'Alésia.

Place de la Bastille, le régiment fit une courte halte.

La place était noire d'une foule en délire, qui jetait des clameurs ininterrompues d'enthousiasme.

— Vive la France! Vive la République! Vivent les soldats!

Les fleurs tombaient des fenêtres. Des femmes sortaient de la foule, des paniers pleins de vivres aux bras, des bouteilles et des verres dans les mains.

— Buvons, les amis, buvons à la victoire!

Accroché au génie de la colonne, un immense drapeau tricolore flottait.

Biron sanglotait.

Quand le régiment fut à l'entrée du boulevard Sébastopol, il dut s'arrêter.

D'autres régiments attendaient. Des zouaves, des cuirassiers, de l'infanterie.

Les trottoirs étaient bondés d'une foule exubérante, d'où s'échappaient, à tout instant, des acclamations, des adieux.

On s'envoyait des baisers.

Il était tard déjà quand le régiment arriva à la gare de l'Est, où il devait s'embarquer.

Les soldats s'engouffrèrent dans la cour et les grilles se refermèrent sur eux.

Biron, que cette journée d'événements tumultueux avait lassé, reprit le chemin de Montrouge, traînant la jambe.

Dès qu'il eut passé le seuil de son petit logement, il tomba comme une masse dans l'unique fauteuil de la salle à manger.

Cinq minutes après, il dormait, les bras sur la table.

Les deux femmes, qui l'observaient, virent remuer ses lèvres. Biron rêvait, laissant échapper des mots...

— France... victoire... Antoine...

Il rêvait de la Patrie et de son fils, qui allait se battre pour elle.

III

Le drapeau allemand

Le lendemain — nous sommes à la matinée du 6 août — Biron fut debout dès l'aube levée.

Le brave homme ne tenait plus en place.

Il avait lu, dans son journal, qu'un régiment devait, aux premières heures du matin, quitter la caserne de la Pépinière pour se rendre, par le boulevard Malesherbes, à une gare de banlieue où il devait s'embarquer pour la frontière.

Biron mit dans sa poche une croûte de pain et un bout de saucisson et partit.

Il marchait à grands pas, suivant l'avenue du Maine, le boulevard de Latour-Maubourg. Il traversa le pont des Invalides, les Champs-Elysées. A huit heures, il était à la Pépinière.

Toute la place Saint-Augustin était noire de monde. La statue de Jeanne d'Arc, devant le porche de l'église, était parée de fleurs.

Les portes de la caserne s'ouvrirent.

Biron entendit le roulement des tambours et les premiers accents de la musique, qui jouait l'air populaire :

Vous n'aurez pas l'Alsace et la Lorraine...

Déjà, son cœur éclatait.

Derrière la musique, qui continuait de jouer, venait le commandant, un grand sec, avec des moustaches grises, le képi sur l'oreille, l'épée hors du fourreau.

— Vive la France!

— Vivent l'Alsace et la Lorraine!

La foule encadra vite les soldats.

Biron marchait en tête du régiment, redressant sa taille, l'œil illuminé d'une flamme.

Il ne quitta le régiment qu'à la gare.

Il embrassa les soldats, paya nombre de petits verres et rentra le soir, comme il était rentré de la caserne de Reuilly, fourbu.

— J'espère bien, lui dit sa femme, que tu vas te reposer un peu. Tu n'as plus vingt ans.

Biron dut rester le lendemain à la maison, bien à regret. Le moindre bruit de la rue le faisait tressauter.

Il n'y tint plus quand, deux jours après, le 8 août, il apprit que Mulhouse, la cité alsacienne, était aux mains de nos soldats.

Son enthousiasme n'eut alors plus de bornes.

— Nous y sommes! criait-il. L'Alsace est à nous!

Et, son journal à la main, il lisait à voix haute :

« On a arraché les poteaux-frontière allemands. Plus d'aigle noir! Des poteaux tricolores! »

Et le vieux patriote, d'une voix un peu enrouée, fredonnait le refrain dont les accents emplissaient ses oreilles depuis le départ du régiment de la caserne de la Pépinière.

*Vous n'aurez plus l'Alsace et la
         [Lorraine...*

Mulhouse, à la vérité, ne devait pas rester longtemps dans nos mains. Elle était reprise par l'ennemi, puis le général Pau y rentrait en vainqueur — victoire encore une fois éphémère.

Biron vécut désormais des sormais des jours d'enthousiasme et de foi.

Accroché au génie de la colonne, un immense drapeau tricolore flottait. (p. 5.)

Un beau matin, un vieil ami de 70, le père Philippe, qui avait combattu à Buzenval à côté de Biron, entra en coup de vent dans le petit logis de la rue d'Alésia.

— Biron, mon vieux, lève-toi. Et filons vite. Tu sais la grande nouvelle? Il est arrivé ici un drapeau allemand. Oui, un drapeau pris par nos soldats aux soldats du kaiser. Et ce drapeau, trophée de nos armes, il est accroché à l'une des fenêtres du ministère de la guerre, rue Saint-Dominique. Mon vieux Biron, faut voir ça...

Biron se dressa, comme poussé par un ressort.

Les deux vieux eurent vite fait de descendre l'escalier, comme s'ils avaient retrouvé leurs jambes de vingt ans. Ils entrèrent chez le bistrot voisin, lampèrent à la hâte un verre de cognac sur le zinc, et partirent à grandes enjambées.

Une demi-heure après, ils étaient à Sainte-Clotilde.

Tout le long de la route, ils avaient vu frissonner les drapeaux tricolores, appendus quelques jours auparavant aux fenêtres pour fêter la prise de Mulhouse.

— Ah! mon vieux Philippe — disait Biron tout ému — comme c'est beau! Et comme nous avons bien fait de ne pas casser notre pipe avant de vivre ces jours de victoire!

Ils entrèrent dans la cour du ministère.

Le drapeau allemand était là.

La soie ondulait au soleil, qui faisait scintiller ses franges d'or.

Biron s'efforçait de lire l'inscription qui y était brodée.

Il sut ainsi que le drapeau ennemi appartenait au 132e régiment d'infanterie et des voisins dirent qu'il avait été pris en Alsace.

— Antoine nous contera certainement cela quand il reviendra, dit-il. Et ça ne saurait tarder... Mulhouse a été reperdue, mais ce n'est qu'un incident de la bataille... Nous sommes en Alsace, et nous y resterons.

Biron entendit autour de lui conter à voix basse des nouvelles qui eussent pu, il est vrai, calmer un peu ses enthousiasmes.

Les Allemands avançaient en Belgique, où ils semaient partout l'épouvante et la mort.

— Les canailles! criait Biron dans l'oreille de son ami Philippe, qui était un peu sourd, nous leur rendrons cela au centuple.

Ils restèrent tous deux plus d'une heure en face du drapeau, dont ils ne pouvaient détacher leurs yeux. Ce drapeau symbolisait pour les deux vieux patriotes la victoire sûre et rapide.

Ce fut le cœur content et débordant d'allégresse que Biron et Philippe retraversèrent Paris.

Place de la Concorde, ils s'arrêtèrent devant la statue de Strasbourg, toute fleurie d'un récent pèlerinage.

Biron, rue du Bac, lisait, sur les boutiques closes, les petites affiches que leurs propriétaires y avaient collées :

« Fermée pour cause de mobilisation. »

Ou bien :

« Le tailleur et son aide sont partis pour la frontière. »

Ou bien encore :

« On les aura. Celui qui écrit cela ne reviendra que vainqueur. ».

— Tu vois bien — disait Biron à son camarade — que tout va bien. Pareil enthousiasme ne s'est pas vu depuis les grands jours de la Révolution. Oui! nous les reconduirons, cette fois, jusqu'à Berlin, et à coups de pied quelque part.

Ce soir-là, Biron se coucha, joyeux en confiant. Il rêva qu'il arrachait un autre drapeau des mains des soldats de la garde allemande. Le ministre de la guerre le faisait appeler et épinglait sur sa poitrine le ruban rouge de la Légion d'honneur.

IV

Premières angoisses

LEs deux amis, désormais, furent inséparables. Ils vécurent l'un près de l'autre, ne se quittant que le soir, parfois à des heures tardives.

Ils lisaient ensemble le journal du matin, épluchaient consciencieusement le communiqué, étudiaient les cartes des opérations.

Ce n'est pas sans anxiété qu'ils avaient vu les Allemands envahir la Belgique.

Il leur semblait bien aussi qu'en Lorraine, nous avions été forcés d'abandonner du terrain.

— Tout ça va changer — disait Biron. Ils ne passeront pas la frontière. On les attend là-haut... Et puis, et puis, est-ce que nous n'avons pas avec nous nos amis les Russes? Les cosaques marchent à grande vitesse sur Berlin, et si Guillaume ne veut pas voir leurs petits chevaux attachés aux arbres de l'avenue des Tilleuls, il va bien être forcé de faire faire volte-face à ses troupes, ce qui allégera d'autant notre effort!

C'est avec cette stratégie naïve que les deux amis se consolaient de nos premiers revers.

Un beau matin, cependant, Philippe entra, consterné.

Il tenait grand ouvert son journal.

— Tu as lu le communiqué? dit-il à Biron.

— Non.

— Eh bien, lis.

Et il lui tendit le journal, posant le doigt sur les quelques lignes qui avaient suscité son émotion.

Biron lut à voix haute :

« La situation, de la Somme aux Vosges, est restée aujourd'hui ce qu'elle était hier; les forces allemandes paraissent avoir ralenti leur marche. »

Biron ne saisit pas tout d'abord toute la grandeur tragique de ces quelques lignes. Les deux amis se consultèrent.

— De la Somme aux Vosges? disait Philippe. Ils sont donc sur la Somme!

Biron resta comme anéanti.

— Allons aux nouvelles dit-il.

Tous deux sortirent.

La ville était silencieuse, comme si chacun sentait peser sur lui l'approche d'un formidable péril.

Ils arrivèrent aux grands boulevards, s'assirent à la table d'un café.

— Le *Matin!* La dernière édition du *Matin!*

Biron appela un camelot.

— Donne-moi vite le journal.

En tête, le communiqué, et au-dessous, en grosses lettres :

PROCLAMATION DU GOUVERNEMENT

Biron lut :

« Le gouvernement sait qu'il peut compter sur le pays. Ses fils répandent leur sang pour la Patrie et pour la Liberté. Aux côtés des héroïques armées belges et anglaises, ils reçoivent sans trembler le plus formidable ouragan de fer et de feu qui ait jamais été déchaîné sur un peuple...... Français! Le devoir est tragique, mais il est simple : repousser l'envahisseur, le poursuivre, sauver de sa souillure notre sol, et de son étreinte la liberté; tenir tant qu'il le faudra, jusqu'au bout, hausser nos esprits au-dessus du péril, rester maîtres de notre destin... »

La proclamation était signée de tous les membres du gouvernement.

Les deux amis se regardèrent.

— C'est la Patrie en danger! dit Philippe.

Biron se rappela alors ce qu'il avait entendu conter à voix basse, dans la cour du ministère de la guerre, lorsqu'ils étaient allés voir le drapeau allemand.

Et, tout de suite, il eut la vision d'un formidable orage qui s'abattait sur la France, d'une ruée énorme et sanglante, envahissant tout, brûlant, pillant, saccageant...

— De la Somme aux Vosges! répétait-il.

— De la Somme aux Vosges! répétait-il. Ils sont sur la Somme. Ils sont à Amiens, à Saint-Quentin...

Puis, après un moment de silence :

— Mais ils menacent Paris!... Paris est menacé par les hordes de Guillaume!...

Les deux amis se levèrent.

Ils descendirent jusqu'au boulevard Sébastopol.

Biron voulut revoir la gare de l'Est, où il avait vécu les heures magnifiques du départ du régiment de la caserne de Reuilly.

Un spectacle d'une infinie tristesse l'y attendait.

Sur les marches qui conduisaient aux salles d'attente, des groupes de pauvres gens, assis entre des paquets de hardes, les traits tirés, les yeux gonflés par l'insomnie et la terreur...

Biron s'approcha d'un de ces groupes.

— D'où venez-vous?

Une femme leva sur lui des yeux remplis d'effroi.

— D'où nous venons? Ah! de bien loin... De l'Est... Un soir, un cri sinistre a rompu le silence : « Voilà les Allemands! » Depuis deux jours, nous entendions le bruit de la bataille... Et nous nous l'imaginions cruelle, sans pitié... L'horizon était rouge des incendies

que l'ennemi allumait à mesure qu'il avançait... Des fuyards étaient
déjà arrivés... Ils contaient d'effroyables histoires... Les soldats ennemis marchaient, le fer et la torche au poing... On fusillait tout le
monde... « Fuyez, fuyez, nous disaient-ils. Fuyons ensemble, n'importe où, devant nous. Mais fuyons... Il n'est que temps... »

Une femme leva sur lui des yeux remplis d'effroi. (p. 10.)

« Certains sont restés. Que sont-ils devenus? Nous, que vous voyez
ici, avons noué à la hâte en paquets nos hardes les plus précieuses...
notre argent... Le reste est là-bas... »

Et la femme jetait en arrière un regard d'une désolation profonde.

— Alors, dit Biron, c'est bien vrai... Ils sont sur la Somme...

— Et où allez-vous maintenant? interrompit Philippe.

L'homme haussa les épaules.

— Qu'en savons-nous? Nous attendons. On vient de nous dire
que des logements étaient préparés quelque part pour les malheureux
réfugiés comme nous...

Et l'homme se replongea dans son mutisme et dans sa désolation.

Il reprit cependant son récit quand Biron lui eût apporté un litre
de vin et des brioches qu'il était allé chercher au bistrot voisin.

— Comment nous avons fui? D'abord à pied, courant les uns
derrière les autres comme un troupeau de bêtes affolées. Nous mar-

châmes ainsi jusqu'aux premières lueurs du matin, poursuivis par l'écho de la canonnade et par ce grondement sinistre qui annonce la marche d'une armée... A l'aube, nous nous arrêtâmes devant une station de la voie ferrée où nous fîmes une longue halte... Nous tombâmes tous sur le sol et nous nous endormîmes d'un sommeil de plomb... Le sifflet de la locomotive nous réveilla. Un train avait été formé. Nous y montâmes et nous ne nous arrêtâmes qu'ici, à la gare de l'Est...

Biron, depuis le commencement du tragique récit des réfugiés, sentait comme un poids qui lui écrasait la poitrine... Il serra les mains des pauvres gens.

— Paris ne laissera pas sans soutien, leur disait-il, des victimes innocentes... Allons, courage... courage et espoir.

Les deux amis reprirent, silencieux et accablés de tristesse, le chemin de Montrouge.

— Ah! mais... ils ne sont pas encore ici, cria Philippe au moment où ils passaient, place de l'Observatoire, devant la statue du maréchal Ney... Paris est menacé... Mais Paris sera sauvé...

V.

Paris menacé

Les jours se passent — jours d'angoisse et, parfois, de désespoir. C'est que, coup sur coup, les mauvaises nouvelles se succèdent.

L'héroïsme de nos soldats n'a pu venir à bout de la plus formidable ruée guerrière qui se soit vue.

Après Charleroi, la retraite a commencé, retraite glorieuse encore, où le terrain n'était cédé qu'après de durs combats, mais retraite.

La ruée continuait. L'ennemi avançait sur la route de Paris.

Arras, Valenciennes, Lille, Saint-Amand, Cambrai, Albert, Amiens étaient tombées, l'une après l'autre, aux mains des envahisseurs.

A Amiens, les Allemands étaient entrés, défilant au pas de parade, hurlant le *Wacht am Rhein* et le *Deutschland über alles.*

Soissons était à son tour occupé.

Puis ce fut le tour de Senlis — où les horreurs se multiplièrent — et de Creil.

Compiègne avait été occupé dès le 31 août.

Chaque jour apportait son désastre.

Les deux amis restaient des heures et des heures à chercher à comprendre la raison d'une pareille infortune.

— Non, disait Biron, ce n'est pas possible que nous ne nous retournions pas un jour sur eux, et que nous ne les chassions pas du sol qu'ils ont violé... Ils sont nombreux, certes, mais nous sommes braves... Ils peuvent arriver jusqu'à Paris... Mais, une fois là, ils n'avanceront plus...

Et Biron sortait de sa poche une carte de Paris, sur laquelle étaient marqués, par de grosse étoiles rouges, les forts qui le défendent.

— Tu vois bien, Philippe, disait-il à son ami, qu'ils ne pourront pas passer. Regarde la ceinture des forts qui nous protègent, et qui sont postés sur toutes les hauteurs. Tiens, voici le fort de Montigny, celui de Cormeilles, celui de Franconville... Puis Montmorency, Écouen, Stains, Vaujours, Chelles, Champigny, Villeneuve-Saint-Georges, Palaiseau, Marly. Et d'autres encore... Nos vieux forts d'autrefois... Comment veux-tu qu'ils passent... Tu te rappelles qu'en 70, tous nos canons tonnaient, le Mont-Valérien, Vanves, Montrouge... Ce sera bien autre chose aujourd'hui... Le camp retranché de Paris est formidable... Halte-là, messieurs les Prussiens, il va falloir compter avec nos canons.

Philippe hochait la tête, silencieux.

— Oui, — reprenait Biron — Paris sera défendu... jusqu'à la mort. Est-ce que tu n'étais pas dans ces *Volontaires de Montrouge* qui ont tant fait parler d'eux pendant les cinq mois du siège de 70. Eh bien! j'ai toujours, chez moi, mon vieux flingot d'autrefois... Nous marcherons encore une fois, avec ce qui nous reste de forces et de patriotisme... Nous grimperons sur les fortifs, et gare à eux, s'ils osent montrer leur nez... A propos, tu n'as pas encore vu les énormes travaux de défense qui se sont faits autour de Paris... Jean est au camp retranché, quelque part vers Bourg-la-Reine, où, mobilisé dans le génie, il dirige une équipe de terrassiers volontaires... Si tu veux, nous allons voir ça... Ça te donnera, j'en suis sûr, confiance.

Les deux amis se dirigèrent vers la porte d'Orléans.

Il faisait une après-midi superbe. Le soleil dorait l'herbe verte des fortifications.

Philippe remarqua tout de suite qu'on avait démoli la petite gare du tramway.

— Elle gênait probablement pour le tir, dit Biron.

Ils avaient fait à peine une centaine de mètres qu'ils se trouvèrent en face d'une tranchée creusée hâtivement dans la route qui conduit au Petit-Montrouge.

— Parfait, disait Biron. Les tireurs descendront là-dedans, et, bien à l'abri, ils canarderont les Allemands.

De grands arbres avaient été abattus. Leur ramure couvrait la chaussée.

Des chevaux de frise, des piquets reliés par des fils de fer, des amoncellements de sacs à terre barraient la route.

Biron marchait à grands pas, inspectant tout ce qui frappait son regard.

— Tout le camp retranché, dit-il à son ami, est organisé. Ils seront arrêtés partout. Après un obstacle, un autre obstacle. Pour arriver ici où nous sommes, il leur faudra joncher le terrain de leurs cadavres... Et encore, il n'est pas sûr qu'ils arrivent... Ils n'arriveront jamais.

Jean — le second fils de Biron — était bien à Bourg-la-Reine.

Quand les deux amis y furent rendus, le spectacle qui s'offrit à leurs yeux était bien fait pour les rassurer.

L'équipe de terrassiers que dirigeait Jean était à ce moment en plein travail.

Les pelles se levaient en cadence, rejetant sur le sol la terre, creusée déjà profondément.

Biron serra la main de Jean.

— Eh bien! fils, ça marche?

— Je te crois, père, regarde autour de toi, et tu verras si nous travaillons.

D'autres tranchées, déjà achevées, coupaient le terrain. Biron calcula d'un coup d'œil leur profondeur...

— C'est pour l'infanterie, dit Jean. Elles ne sont pas très profondes. La taille d'un fantassin... Il n'y aura plus qu'à percer des créneaux. Et tout sera prêt pour canarder les Prussiens...

— Et ces bobines de fil de fer?

— Ça, c'est des fils barbelés. On les reliera à des piquets... Et je défie bien qui, à pied ou à cheval, d'approcher...

— Tu as des nouvelles? demanda Biron.

— Oui et non... Il ne faut pas croire tout ce qu'on raconte. A entendre les peureux, les Prussiens seraient déjà sur notre dos... Patience... Il coulera encore de l'eau sous le pont avant qu'ils aient montré leurs casques à pointe... Et puis, dit-il en s'appuyant fièrement sur sa bêche, on est un peu là, hein, père...

Les deux amis reprirent le chemin de la porte d'Orléans.

Biron songeait :

— Ma foi, Jean a raison. Nous avons tort de nous désoler. Diable! les Français sont toujours les Français. Quand un homme tombe dans un torrent, il est entraîné par le flot. Mais il se redresse bientôt. Il s'accroche aux aspérités, aux rocs, aux herbes de la rive... Eh bien! nous ferons comme cela... La ruée formidable nous a fait lâcher pied. Nous nous redresserons aussi. Et nous les balayerons d'un coup... Philippe, mon vieux, je te dis que nous ne sommes pas si fichus que cela...

Philippe, d'un tempérament plus froid, ne partageait pas l'optimisme de Biron.

— Je veux bien espérer, disait-il. C'est pour chacun un devoir de ne pas se laisser envahir par la peur du désastre. Mais tu n'empêcheras pas les Allemands d'être sur la Somme. C'est le communiqué qui le dit. Et d'être même beaucoup plus loin. Ne disait-on pas ce matin qu'ils étaient à Compiègne... aux portes de Paris.

— Eh bien! quand cela serait — repartit Biron... Moi, je veudrais qu'ils fussent plus près encore. Je voudrais qu'ils montrent leur nez devant le camp retranché. J'entends déjà la canonnade de nos forts, qui les accueilleraient avec enthousiasme... C'est que, vois-tu, nous ne sommes plus en 70. Il y a des forts partout. La ceinture fortifiée de la capitale est invulnérable.

VI

Le taube

Les deux amis franchirent une seconde fois la porte d'Orléans. Le soleil dardait toujours ses rayons.

Biron et Philippe firent halte à la terrasse d'un petit café, près de l'escalier de sortie de la station du métro.

En face d'eux, les fortifications étaient couvertes d'une foule curieuse.

Assises sur des pliants, les femmes cousaient et brodaient, bavardant sans répit.

— Regarde, disait Biron. Elles causent et rient... Sûrement, elles n'ont pas peur. On me disait ce matin que des centaines de mille de Parisiens avaient déjà quitté la ville, comme si le feu était aux quatre coins de Paris. Les francs-fileurs sont de toutes les époques. Ce sont surtout des gens riches et désœuvrés, habitués à leurs aises. Ces femmes-là sont toutes de modestes ménagères, travailleuses. Pas une d'elles ne songe, certainement, à f... le camp.

Un mouvement se dessina dans la foule.

Toutes les têtes se levèrent.

Tous les regards se tournèrent vers le ciel.

— Qu'est-ce qu'il y a? dit Philippe.

— Un taube! Un taube, criait-on de tous les côtés.

Biron leva à son tour la tête.

A des centaines de mètres, dans le ciel d'un azur limpide, un gros oiseau noir s'avançait.

— Pas de doute, dit Biron. C'est un avion... Eh bien! Si ce n'est pas un avion à nous, celui qui le conduit a un fier toupet... Il vient en droite ligne du camp retranché. Et je suis même surpris que nous ne l'ayons pas rencontré... Il est vrai qu'il marche plus vite que nous.

Philippe, la tête levée, considérait l'avion, qui filait en droite ligne, et qui allait atteindre les fortifications.

Les ailes largement déployées, l'oiseau allemand semblait tout noir, avec de larges stries qui figuraient les plumes du *taube* (mot allemand qui signifie pigeon). On entendait le ronflement du moteur, et, à l'arrière, un mince filet de fumée marquait la route parcourue.

Des exclamations partaient de la foule.

— D'où vient-il, l'espion? Certainement, il est venu pour prendre des photographies des travaux du camp retranché!

— S'il nous lâchait une bombe!

Le taube filait dans le ciel, très bas, à quelques centaines de mètres d'altitude.

Tout à coup, une fusillade éclata, stridente.

Biron s'avança jusqu'au milieu de la chaussée.

Le poste des douaniers de la porte de Châtillon déchargeait ses fusils sur le taube.

Philippe se précipita.

Il poussa rapidement Biron vers la porte ouverte d'un immeuble, où ils entrèrent tous deux.

— Mais je n'ai pas peur des bombes! dit Biron.

— Oui, mon vieux, mais ce serait vraiment trop bête d'être écorné par quelque balle de nos douaniers qui, en retombant, pourrait parfaitement nous atteindre, toi ou moi, peut-être tous les deux.

Le taube disparut, après avoir pris de la hauteur.

Les deux amis rentrèrent rue d'Alésia.

Place de l'Église-Saint-Pierre-de-Montrouge, les groupes discutaient fébrilement.

— S'ils croient qu'ils nous épouvantent avec leurs taubes — disait un gros garçon à l'air réjoui — ils ont diablement tort. Celui-là va peut-être aussi nous lancer quelques banderolles, comme celui de l'autre jour, qui a survolé la gare de l'Est.

Et le gros garçon, sortant de sa poche un journal, lut l'inscription de la banderolle du taube :

« Parisiens, rendez-vous. Déjà nos armées sont devant la ville. »

— C'est entendu, ajouta le gros garçon. Ils sont peut-être aux portes de Paris. Mais ils n'y sont pas encore entrés. Galliéni est là pour leur barrer la route...

On racontait encore bien des choses dans les groupes qui discutaient sur la place.

Tout près de la porte de Châtillon, d'où les douaniers avaient tiré, une balle retombante avait atteint une femme, dont elle avait labouré la chair, faisant une blessure en séton, heureusement peu dangereuse.

— Tu vois, dit Philippe, que nous avons bien fait de nous mettre à l'abri dans le corridor de la maison où nous sommes entrés. Ce n'est vraiment pas la peine de s'exposer pour rien en ce moment. Qui sait si Paris n'aura pas besoin, avant peu, de nos bras pour le défendre!

VII

Enthousiasme et déception

BIRON et Philippe regagnèrent le petit logement de la rue d'Alésia. La nuit n'était pas encore tombée, qu'un spectacle magnifique les attirait de nouveau au dehors.

Les trompettes sonnaient, les musiques jouaient.

Ils sortirent en courant, et arrivèrent à la place de l'Eglise quand les têtes de colonnes paraissaient, venant de la porte d'Orléans.

C'était la 45ᵉ division qui quittait le camp retranché, pour aller s'embarquer à la gare de la Chapelle.

Des troupes d'élite, zouaves, marocains, chasseurs d'Afrique, superbes d'allure et d'entrain.

La foule, qui, aux premiers accents des sonneries, avait déserté les maisons, emplissait la place, pressant les soldats, tendant les mains vers eux.

— Vive la France!

Les zouaves marchaient au pas, sérieux, impassibles.

Quand leur drapeau parut, toutes les têtes se découvrirent; on battit des mains. Le souvenir des grandes épopées auxquelles ils avaient été mêlés, courut comme un éclair de gloire, à travers la foule.

— Solférino... Magenta... disait Biron. Comment veux-tu, Philippe, que de pareils soldats soient vaincus...

Les troupes marocaines défilèrent après eux.

La tête ceinte du turban, les goumiers marocains se dressaient, tous droits, sur leurs larges étriers. On eût dit des statues de bronze.

Fringants, les chasseurs d'Afrique parurent à leur tour.

Il était déjà dix heures quand Biron poussa du coude son ami :

— Je voudrais bien rester jusqu'au bout. Mais les jambes me rentrent dans le corps.

Ce défilé de soldats, en pleine force, confirma sa certitude que nous chasserions l'ennemi loin de Paris.

Philippe, lui aussi, voyait tout en rose.

Le lendemain matin, il arrivait chez Biron, son journal déplié à la main.

— Oh! mon cher, ça été partout un triomphe. Lis cela.

Et Biron lut le récit du passage des troupes boulevard Sébastopol.

« Les cris de : « Vive la France! — Vivent les zouaves! — La tête à Guillaume! — Bonne chance! — Revenez bientôt! » ne cessaient de retentir. Les femmes embrassaient les zouaves. Elles tendaient les enfants aux officiers, comme si elles attendaient d'eux une bénédiction On fichait des fleurs dans les harnachements des chevaux. Un homme, levant son chapeau, cria : « Comment ne pas avoir confiance avec de pareils soldats! »

— Eh bien! Philippe, tu as confiance maintenant.

Les deux amis, émus, se serrèrent les mains.

La journée du lendemain devait cependant leur apporter une cruelle déception.

Ils étaient sortis, comme d'habitude, de bon matin, pour courir la ville, en quête de nouvelles.

Une affiche blanche attira vite leurs regards.

Gouvernement militaire de Paris
ARMÉE DE PARIS — HABITANTS DE PARIS

Les membres du Gouvernement de la République ont quitté Paris pour donner une impulsion nouvelle à la Défense nationale.

J'ai reçu le mandat de défendre Paris contre l'envahisseur.

Ce mandat, je le remplirai jusqu'au bout.

Paris, le 3 septembre 1914.

Le Gouverneur militaire de Paris,
GALLIÉNI.

— Alors, dit Biron, c'est donc vrai... Ils ont f... le camp!

— Ils sont partis, répliqua Philippe. Et c'était leur devoir. L'ennemi approche de la capitale. Veux-tu, par exemple, que s'ils entraient jamais dans Paris, nous nous déclarions pour cela vaincus... Non, mille fois non. Nous défendrons la France jusqu'au dernier lambeau du territoire envahi... Paris n'est qu'une ville française, la première ville française... Mais ce n'est pas parce que Paris serait pris que la France devrait se mettre aux genoux du vainqueur...

— Pauvre Paris! dit Biron... Heureusement que nous avons, en Galliéni, un chef, un grand chef, capable des plus énergiques résolutions... Paris ne se rendra pas. Nous courrons aux remparts. On s'ensevelira, s'il le faut, sous les ruines de notre grande cité... Galliéni a raison... Nous défendrons, avec lui, Paris jusqu'au bout...

Les deux amis parcoururent la ville.

Partout, dans les groupes, l'inquiétude, l'angoisse se faisaient jour.

— Les forts ne sont pas armés, disait un orateur improvisé. Et, eux, ils traînent une formidable artillerie lourde qui va ouvrir le feu sur la ville et qui la pulvérisera.

— Patience, ripostait un autre. Ils peuvent nous bombarder pendant des jours et des jours. Mais nous résisterons quand même... Nous ferons sauter les ponts... Et puis, vous oubliez que notre armée est toujours là, et qu'elle peut s'arrêter dans la retraite pour se retourner sur l'ennemi, et l'abattre...

En revenant, vers la fin de l'après-midi, Biron et Philippe passèrent sur le quai, le long de la gare d'Austerlitz. De longues files de partants s'alignaient, avec des valises, des paquets, à perte de vue.

— Les canailles! ne put s'empêcher de crier Biron. Ils nous lâchent... Je donnerais dix sous pour que le train déraille... On n'a pas le droit de quitter Paris en ce moment... sauf les femmes et les

Des troupes d'élite, zouaves, marocains, chasseurs d'Afrique, superbes
d'allure et d'entrain. (p. 17.)

enfants... Moi, je reste. Qu'ils viennent! On les attend... Et puis, ils ne sont pas encore là.

.   .   .   .

La nuit du 3 septembre fut tragique.

Accoudé au balcon de son logement, Biron interrogeait le ciel plein d'étoiles, un ciel d'une adorable pureté.

Biron prêtait l'oreille à tous les bruits. Un roulement d'auto prenait pour lui, dans sa disposition d'esprit, l'allure d'un grondement sourd... quelque pièce d'artillerie que l'on menait à la bataille...

De longues traînées lumineuses balayaient le ciel, les rais des projecteurs, à la recherche des avions ennemis tentés de survoler la capitale.

Biron rêvait :

— S'ils attaquent Paris, ce sera certainement par le Nord, puisqu'ils sont sur la Marne...

Et il voyait déjà l'ennemi braquer ses pièces lourdes, tirer à gros obus sur la grande ville.

— Nous sommes ici en sûreté, songeait-il, puisque mes fenêtres donnent au Sud... On verra ensuite, quand ils seront entrés.

Tout à coup, il se dressa :

— Je suis fou, ma foi... Ils n'entreront pas... Ils n'entreront jamais.

La porte de son logement s'ouvrit. C'était Philippe.

Philippe n'avait pu rester seul chez lui.

— Tu ne sais pas, commença-t-il, ce que j'ai entendu raconter ce soir, sur la place de l'Eglise? Les Allemands sont cernés dans la forêt de Compiègne. Ils sont là cinquante mille, cent mille peut-être... Les nôtres ont mis le feu à la forêt, et... la forêt brûle, avec les Allemands.

Biron ouvrit tout grands les yeux :

— Philippe, mon vieux, tu es aussi fou que moi... Est-ce que je ne calculais pas tout à l'heure comment je suis en sûreté ici, où mes fenêtres sont à l'opposé de l'entrée possible de l'ennemi à Paris? Couchons-nous, c'est ce que nous avons de mieux à faire, et attendons les événements...

Dans la matinée du 5, le communiqué leur apprenait que l'armée de von Klück, celle qui menaçait directement la capitale, obliquait vers l'Est, abandonnant son premier objectif.

— Mais, s'écria Biron, la ruée sur Paris est arrêtée... Il doit y avoir une raison à cela... Pourquoi von Klück abandonne-t-il la route de Paris? Le camp retranché lui fait-il peur? Où va-t-il?

Philippe restait silencieux.

— Où il va? Je n'en sais rien. Tout ce que je sais, c'est qu'il semble ne plus oser nous menacer. Qui sait? Ce mouvement de von Klück à l'est de Paris, c'est peut-être Paris sauvé...

VIII

Paris sauvé

PENDANT six grands jours, ce furent de nouvelles inquiétudes, coupées çà et là de glorieux espoirs.

L'armée française, redressée après sa longue retraite, combattait comme une armée de lions.

Elle luttait pour sauver Paris et la France.

Chaque matin, Biron et Philippe lisaient et relisaient le communiqué, qui seul pouvait leur donner des nouvelles de la gigantesque bataille engagée.

Enfin, le 11 septembre, la victoire était nettement indiquée.

L'ennemi reculait sur toute la ligne.

« Nos troupes, disait le général Joffre, comme celles de nos alliés, sont admirables de moral, d'endurance et d'ardeur.

« La poursuite sera continuée avec toute notre énergie. Le gouvernement de la République peut être fier de l'armée qu'il a préparée. »

A son armée, aux soldats dont il venait de constater l'héroïsme, le général Joffre adressait un noble langage :

« La bataille qui dure depuis cinq jours s'achève en une victoire incontestable. La retraite des 1re, 2e et 3e armées allemandes s'accentue devant notre gauche et notre centre.

« Partout, l'ennemi laisse sur place de nombreux blessés et quantité de munitions. Partout, on fait des prisonniers.

« En gagnant du terrain, nos troupes constatent les traces de l'intensité de la lutte et l'importance des moyens mis en œuvre par les Allemands pour nous résister. La reprise vigoureuse de l'offensive a déterminé le succès.

« Tous, officiers et soldats, avez répondu à mon appel. Tous vous avez bien mérité de la Patrie. »

En faisant connaître la proclamation du grand chef à ses troupes, le général Galliéni ajoutait :

« Le gouverneur militaire de Paris est heureux de porter ce télégramme à la connaissance des troupes sous ses ordres.

« Il y ajoute ses propres félicitations pour l'armée de Paris, en raison de la participation qu'elle a prise aux opérations.

« Il félicite aussi les troupes du camp retranché de l'effort qu'elles ont donné pendant cette période, effort qui doit continuer sans relâche. »

— Eh bien! dit Biron à Philippe, tu vois, mon vieux, que je n'avais pas tort d'avoir confiance. Reconnais-le, aux heures les plus graves, je n'ai jamais désespéré. Paris a été menacé, mais Paris est sauvé.

Et il ajouta en riant :
— Au revoir. messieurs les Prussiens. A la prochaine!

IX

La lettre d'Antoine

UNE pensée, cependant, obsédait Biron.
Dans ce formidable effort, quelle avait été la part de son fils Antoine?

Qu'était-il devenu?

Biron avait, depuis le départ de la caserne de Reuilly, reçu quelques courtes lettres; l'une venait d'Alsace, l'autre avait été écrite près Charleroi, quand la retraite commençait.

Depuis, plus rien.

Un matin, le facteur, tout souriant, passa sous les fenêtres du logement de la rue d'Alésia, agitant une enveloppe blanche.

Aline descendit en courant.

— Père, c'est de lui... Une lettre d'Antoine.

Philippe était là.

Le silence était presque solennel quand le père Biron, en sa qualité de chef de la famille, ouvrit l'enveloppe et commença, d'une voix tremblante d'émotion, la lecture.

La lettre était datée de Villeroy, non loin de Meaux.

« Villeroy, après la bataille.
« Mes chers parents, ma chère Aline,
« Nous sommes vainqueurs.
« C'est vous dire notre joie à tous. La victoire nous fait oublier toutes les misères que nous avons traversées depuis la bataille de Charleroi.
« Plus tard, quand nous nous reverrons, je vous raconterai tout ce que nous avons supporté jusqu'à ce que nous arrivions aux portes de Paris.
« Car nous avons été tout près de Paris, si près que je me rappelle avoir croisé sur ma route un poteau indicateur dont je vois toujours l'inscription : PARIS, 22 *kilomètres*...

« Et ces satanés Prussiens n'étaient qu'à 300 mètres de nous!

« Ah! les bougres, ce qu'ils se promettaient, quand ils seraient entrés dans Paris!

« Mais laissons cela. Parlons de la bataille.

« Le 3 septembre, au matin, nous traversions Luzarches, harassés.

« Ah! nous n'étions pas reluisants. C'était la déroute.

« Les hommes tombaient au bord du chemin, morts de fatigue. Impossible de les faire bouger.

« Heureusement, nous avions avec nous un lieutenant — le lieutenant Péguy, un écrivain — qui nous remettait à tous du cœur au ventre.

« Le soir, nous couchons dans une grande ferme où, grâce à la paille fraîche, nous nous refaisons un peu.

« C'est là qu'on nous lit, le matin, l'ordre du jour de Joffre qui nous annonce la bataille. Cet ordre du jour, je le sais par cœur. C'est à lui que nous devons la victoire.

« Au moment où s'engage une bataille dont dépend le salut du
« pays, il importe de rappeler à tous que le moment n'est plus de
« regarder en arrière. Tous les efforts doivent être employés à atta-
« quer et refouler l'ennemi.

« Une troupe qui ne peut plus avancer devra coûte que coûte
« garder le terrain conquis et se faire tuer sur place plutôt que
« reculer... »

Biron interrompit sa lecture. Les sanglots l'étouffaient. Il passa la lettre à Philippe qui continua de lire :

« Le samedi 5, nous nous dirigeons sur Meaux.

« A dix heures, nous sommes à Thieux, où se trouve l'état-major du général de Lamare.

« Les Allemands sont à l'affût dans les collines boisées, où ils se sont terrés dans des retranchements.

« A midi précis, nous nous engageons dans un petit sentier bordé d'arbustes, en face du village de Villeroy.

« Brusquement, des obus allemands éclatent autour de nous.

« Nos artilleurs pointent leurs 75.

« La compagnie se déploie dans la direction de Villeroy.

« L'ordre d'aller de l'avant nous est donné.

« Nous courons. Les balles sifflent...

« Notre lieutenant, le brave Péguy, va de l'un à l'autre.

« — Courage, mes enfants, c'est pour la Patrie! En avant!...

« Beaucoup sont déjà tombés.

« Le lieutenant, la lorgnette à la main, commande à voix haute :

« — Feu! Feu à volonté!

« Il n'a pas achevé sa phrase qu'il tombe, frappé d'une balle.

« — Le lieutenant est tué! crie-t-on.

« Péguy a encore la force de se lever :

« — Tirez, tirez, nom de D...!

« Cette fois, il expire.

« Nous nous sommes battus ainsi jusqu'au soir.

« Je me serais battu comme cela tous les jours si je n'avais reçu moi-même un éclat d'obus qui, en me labourant le bras, me rendait impropre à tout service. Je dus être porté à l'ambulance.

« Ça que je rageais de ne pouvoir faire comme les autres, prendre toute ma part de la belle victoire.

« Je vous écris de l'hôpital de Meaux, où j'ai été transporté et où j'achève de guérir mon bras. Il ne restera pas trace de la blessure. Je veux dire que mon bras pourra me servir comme auparavant. Car j'ai une rude éraflure sur la peau...

« Je vous quitte, mes chers parents, ma chère Aline. Quand je serai tout à fait guéri, j'obtiendrai un congé de convalescence que j'irai passer près de vous.

« Il ne me reste plus qu'à vous embrasser tous — sans oublier Jean.

> « Votre fils,
>
> « ANTOINE. »

La lecture achevée, le papier soigneusement replié, ce fut Biron qui rompit le premier le silence.

— Je suis fier d'Antoine. Il a versé son sang pour sauver Paris... Jean n'aurait pas hésité à en faire autant si le camp retranché avait été attaqué. Ce sont deux braves fils...

La mère Biron essuyait une larme.

Aline souriait à la pensée qu'elle allait revoir son fiancé.

Les deux hommes, les premières effusions passés, sortirent pour faire un tour sur les fortifs.

Ils s'assirent encore une fois à la terrasse du bistrot, près du Métro, où ils s'étaient arrêtés le jour du passage du taube.

Philippe ayant rappelé les péripéties de la journée — de cette journée où Paris était encore menacé — Biron eut un rire énorme de joie.

Prenant en main son verre, il le choqua contre celui de Philippe.

— A la santé de nos soldats et de leurs chefs! dit-il d'une voix émue. A la santé de tous ceux qui ont sauvé Paris!

FIN

> *Pour paraître vendredi prochain :*
>
> **L'USINE EN FEU**

www.ingramcontent.com/pod-product-compliance
Lightning Source LLC
Chambersburg PA
CBHW070304220626
46818CB00018B/2408